Maravillas del océano

Lada Josefa Kratky

NATIONAL GEOGRAPHIC LEARNING | CENGAGE Learning

Así se ve el océano desde un avión.
Las partes que no son muy hondas se ven
de un color celeste. Las partes más hondas
se ven más oscuras. No podemos ver
mucho más.

Pero bajo la superficie hay todo un mundo asombroso de plantas y animales. Hay plantas acuáticas que van y vienen con la marea. Hay arrecifes de coral de vivos colores. Y hay peces de diferentes formas y colores que viven y se protegen entre las plantas y los arrecifes.

El arrecife de coral es un área ideal
para muchos peces. El pez mariposa
picotea tranquilo las delicias que halla en
el coral. En la cola tiene un punto negro
que se parece a un ojo enorme. Ese punto
engaña al predador que ande buscando un
sabroso bocadillo.

El pez león es otro pez llamativo que vive en el arrecife. Aunque le dicen "león", debajo del agua no se oirá ningún "ruau". Es pequeño, pero peligroso. Su picadura es venenosa, muy dolorosa y hasta causa náusea.

La anguila escurridiza
serpentea y se esconde
en una de las cuevas
oscuras del arrecife.
Allí espera a que
pase un pez
descuidado.
Cuando lo ve,
se lo come de
un mordisco.

La llamada "flor del océano" es la anémona. Parece una flor delicada, pero no lo es. Es un animal. Pegada al coral, espera a que pase un pez distraído. Lo pica con su veloz tentáculo, se lo mete en la boca y lo saborea.

En el océano hay también extensos bosques de algas. Diferentes criaturas se esconden entre las hojas. Una de ellas es el frágil caballito de mar. Usa su cola espiral para sujetarse a las algas.

Otra de las criaturas de los bosques de
algas es el dragón de mar foliado. Se parece
a las verdes plantas entre las que vive. Así se
defiende con su camuflaje. A diferencia del
caballito de mar, el dragón de mar foliado
no usa la cola para sujetarse. Se deja llevar
por la marea.

Para protegerse, a veces muchos peces pequeños se juntan en grupos enormes. Nadan y caracolean hasta parecerse a un pez gigantesco y amenazador. Así confunden a sus predadores.

El pez globo es pequeño. Cuando se ve en peligro, toma mucha agua muy rápido. Se llena tanto, que se convierte en un globo enorme con espinas. Su predador tiene que abandonarlo.

¡Qué mundo extraordinario se encuentra bajo las aguas del océano!

Glosario

acuático *adj.* que vive en el agua. *En el verano, el lago se llena de plantas acuáticas.*

arrecife de coral *n.m.* masa de aspecto rocoso formada en el mar por pequeños animales llamados pólipos. *Bucear en un arrecife de coral es una experiencia maravillosa.*

camuflaje *n.m.* modo que tienen algunos animales de esconderse entre cosas que son del mismo color que ellos. *El camuflaje de esa lagartija era tan bueno que casi ni la vi.*

celeste *adj.* de color azul muy claro. *Esta falda celeste me gusta más que esa roja.*

marea *n.f.* subida y bajada diaria de las aguas del mar. *No te alejes mucho de la orilla, porque la marea está muy alta.*

náusea *n.f.* ganas de vomitar. *Cuando me enfermé, me dio fiebre y sentí mucha náusea.*

tentáculo *n.m.* tipo de brazo blando y móvil que tienen algunos animales. *El pulpo se agarra a las rocas con sus ocho tentáculos.*

predador *n.m.* animal que caza a otro para comérselo. *El jaguar es el principal predador de venados en esta área.*